백내장

백내장
CATARACT

존 버거 지음 | 셀축 데미렐 그림 | 장경렬 옮김

백내장 제거 수술 이후의 몇몇 단상들

열화당

이 책을 파리 캥즈-뱅 안과 병원의
보두앵 교수 팀과 뒤퐁-모노 박사에게 바칩니다.

백내장을 뜻하는 '캐터랙cataract'은 그리스어
'카타락테스kataraktes'에서 나온 말로, 폭포를 뜻하기도
하고 내리닫이 창살이 드리워진 문'을 뜻하기도 한다.
위에서 아래로 드리워진 차단막 같은 것, 그것이
백내장이다. 왼쪽 눈의 내리닫이 창살은 걷혔다. 하지만
오른쪽 눈의 폭포는 여전히 남아 있다.

나는 유희하는 마음으로 눈앞의 사물을 바라본다. 우선 왼쪽 눈을 감았다 뜨고, 이어서 오른쪽 눈을 감았다 뜬다. 두 눈에 비치는 사물의 모습이 또렷이 다르다. 어떻게 다른가.

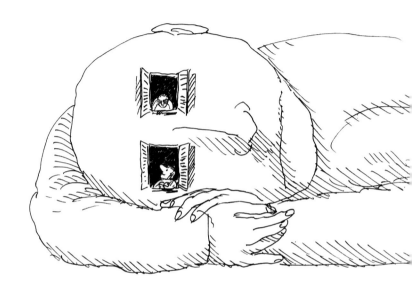

오른쪽 눈으로만 바라보면 사물 전체가 낡아 보인다. 왼쪽 눈으로만 바라보면 사물 전체가 새로워 보인다. 이는 바라보는 사물이 낡은 것이 되었다 새 것이 되기도 하고, 새 것이 되었다 낡은 것이 되기도 한다는 말이 아니다. 낡은 것은 낡은 것대로 새 것은 새 것대로, 자신의 낡음이나 새로움을 보여 주는 사물의 징후에는 변함이 없다. 변하는 것은 사물에 비치는 빛과 사물이 반사하는 빛, 그것뿐이다. 다름 아닌 빛이 사물을 새로워 보이게도 하고 낡아 보이게도 한다. 빛의 양이 줄어들면 사물은 낡아 보이게 마련이다.

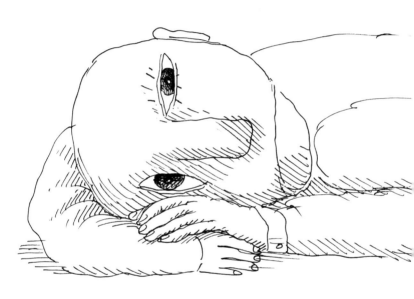

생명을 창조하고 그 생명을 가시화可視化하는 빛.
아마도 이 자리에서 우리는 빛의 형이상학에 관해
이야기하고 있는지도 모른다. (빛의 속도로 여행한다는
것은 시간의 차원을 뛰어넘는 것을 의미하지 않는가.)
무엇을 비추든 빛은 만물을 시원始原의 광채에 휩싸이게
하고 또 순수한 것으로 다시 태어나게 한다.

실제로는 빛이 수백만 년의 세월을 견딘 산이나 바다일 수도 있지만 말이다. 정녕코 빛은 끊임없이 이어지는 영원한 '시작'으로 존재한다. 반면 어둠은 종종 사람들이 주장하듯 최후가 아니라 시작에 앞선 전주곡前奏曲이다. 이것이 여전히 윤곽조차 거의 구분하지 못하는 내 왼쪽 눈이 나에게 말해 주는 바다.

예상했던 것보다 한결 더 풍요롭게 나를 다시 찾아온 색깔은 파란색이다. (파란색과 보라색은 파장이 짧기 때문에 백내장의 불투명한 장막에 부딪혀 흩어지게 마련이다.) 순수한 파란색뿐만 아니라 다른 색깔의 형성에 참여한 파란색까지 모두 흩어진다.

초록색, 보라색, 자홍색, 그리고 회색에 섞인 파란색까지도 모두. 마치 하늘이 지상의 다른 색깔들과 처음 만나던 때를 기억 속에 되살리듯, 나는 온갖 파란 색조의 황홀한 향연에 다시 눈뜬다.

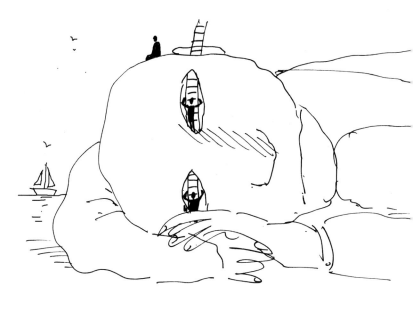

이 모든 파란 색조가 빛과 유희하여 은빛 찬란함
또는 주석빛 찬란함을 만들어낸다. 온화한 느낌의
금빛이나 구릿빛 광택과는 아무런 관계가 없는 찬란한
빛들. 은빛은 빠르다. 수은빛은 또 얼마나 빠른가.[2]
물고기의 은빛 찬란함, 흐르는 물의 은빛 찬란함, 나뭇잎
위 햇살의 은빛 찬란함에서 느껴지는 속도감이여!

나의 왼쪽 눈이 바라보는 밤은 이제 전보다 더
어둡다. 낮의 빛과 밤의 어둠이 더 날카롭게 대조를
이루기에. 파란색은 또한 깊이와 거리距離의
색깔이기도 하다.

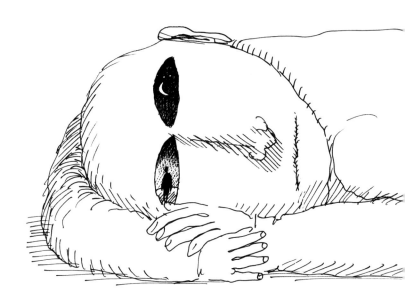

두 눈의 시야 사이에 존재하는 또 하나의 차이는
거리 감각과 관련된 것이다. 오른쪽 눈에는 창살이
드리워져 있지만, 나는 왼쪽 눈의 도움을 받아 밖으로
걸음을 옮길 수 있다. 밖으로 나온 나에게 거리 감각은 두
측면에서 증가한다. 우선 눈길을 먼 곳으로 향하면 그와
동시에 사물과 나 사이의 거리가 스스로 늘어난다.
센티미터의 폭이 늘어나듯 킬로미터의 폭도 늘어난다.
또한 나는 두 사물 사이의 공기를, 공간을 더욱 예민하게
의식하게 된다. 마치 잔에 물이 가득하듯 공간이 빛으로
가득하기 때문이다. 백내장을 지니고 있다면 당신은
어디를 가든 어떤 의미에서 볼 때 실내에 갇혀 있는
셈이 된다.

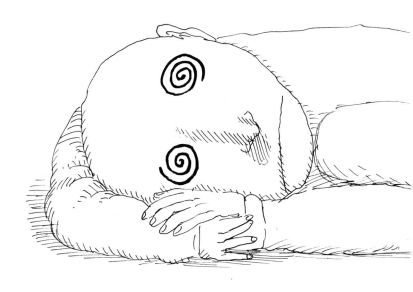

공간 감각이 증가함에 따라 그 결과 측면에 대한 감각—왼쪽에서 오른쪽으로 무슨 일이 일어나는가에 대한 감각, 무엇이 수/지평선과 평행을 이루는가에 대한 감각—도 증가했다. 무엇이 내 앞을 지나가는가에 대해 나는 좀 더 의식하게 된 것이다. 이는 무엇이 나에게 다가오는가에 대한 의식과는 또렷이 다른 것이다. 거리 감각이 증가함에 따라 큰 것은 더욱 커 보인다.

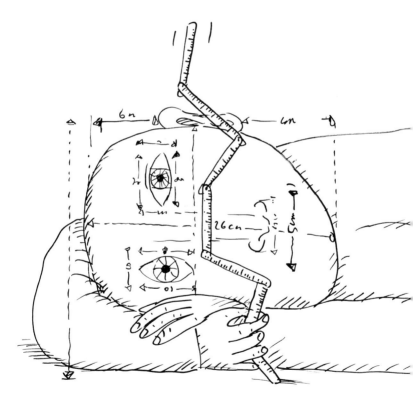

23

한 쌍의 눈은 나름의 고유한 수/지평선을
필연적으로 지니게 마련이다. 하지만 이처럼 크기에 대한
감각과 측면에 대한 감각이 확장하자, 이에 자극되어
나는 (어린 시절에 그랬듯) 원래의 수/지평선을 대신할
수/지평선을 수도 없이 머릿속에 그린다. 내리닫이
창살이 위에서 아래로 드리워져 있었던 것이다.
하지만 이제 수/지평선들이 온갖 방향으로 확장을
거듭한다.

내 오른쪽 눈 뒤에는 올이 굵은 삼베 휘장이
드리워져 있다. 그리고 내 왼쪽 눈 뒤에는 거울이 세워져
있다. 물론 나는 삼베 휘장을 볼 수도 없고 거울을 볼
수도 없다. 하지만 내가 눈길을 주는 사물들은 그 차이를
너무도 강렬하게 반영한다. 삼베 휘장 앞에서 사물들은
무심한 표정을 바꾸지 않지만, 거울 앞에서는 유희를
시작한다.

5월 30일. 그 무엇에 비할 바 없이, 예사롭지 않게 파리의 하늘이 파랗다. 전나무를 올려다보며, 나는 전나무의 솔잎 뭉치들 사이로 보이는 조각난 자그마한 하늘의 파편들이 나무에 핀 파란 꽃이라는 인상을 받는다. 참제비고깔의 꽃만큼이나 파란 빛깔의 꽃으로 환한 전나무들!

수은水銀과도 같은 재빠른 빛이 이제는 윤기 감도는
젖빛으로, 영롱한 진주의 빛으로 바뀌었다. 바뀌었다
해서 결코 빛이 사물에게 부여한 '최초의 존재'라는
느낌이 그만큼 줄어든 것은 아니다. 마치 빛과 빛이 비춰
주는 사물이 동일한 순간 나의 시각에 도달한 듯.
(이것이 바로 시각의 비밀 아닌가.)

내일이면 수술을 하고 나서 삼 주일이 된다.
그동안의 변화된 시각적 체험을 요약하자면,
페르메이르가 그린 그림의 정경 한가운데에 어쩌다
갑자기 들어와 있게 된 것 같다 말할 수 있겠다. 예컨대,
마치 〈하녀〉[3]라는 그의 그림 안에 들어와 있는 것같이
느껴진다. 당신의 눈에는 지금 사물들과 식탁 위의 빵이,
소녀가 단지에 담긴 우유를 식탁 위에 있는 항아리에
따르고 있는 모습이 보일 것이다. 그리고 당신이
바라보고 있는 그 모든 것의 표면은 이슬 같은 빛의
방울로 덮여 있을 것이다….

이른 아침, 이슬 같은 빛의 방울들.

더욱 끈질기게 백내장이 드리워져 있고, 더욱 뿌연 내 오른쪽 눈에 대한 수술(2010년 3월 26일)이 있고 난 다음의 추가 기록들.

이번에는 빛의 돌진突進이 한 조각 한 조각 나뉘어
깊이기보다는 좀 더 총체적으로 느껴진다. 나는 사물들이
빛에 명확하게 제 모습을 드러내고 있다기보다는 만물이
빛에 휩싸여 있음을 예민하게 의식한다. 공기의 입자들이
빛의 입자가 되어 있다. 물고기가 물속에 살며 헤엄을
치듯, 우리는 빛 속에 살며 그 안에서 움직인다.

새롭게 발견된, 어디에나 존재하는 빛은 고요하고
말이 없다. 시끄러운 것들은 그늘과 어둠이다.

빛이 당신의 등에 손을 얹는다. 아주, 아주
오래전부터 빛의 어루만짐을 의식하고 있기에, 당신은
빛의 손길에 뒤돌아보지 않는다. 이는 당신이 처음
보았을 때부터 지금까지 아직 이름을 부여하지 않은
그 무엇이다.

백내장을 제거함은 특별한 형태의 기억상실증을
제거하는 것과 견주어 볼 수 있다. 이제 당신의 눈은
최초의 것들을 기억하기 시작한다. 그리고 바로 이런
의미에서 백내장 제거 수술이 있은 다음 두 눈이
체험하는 것은 시각의 르네상스에 상응하는 것이라 할 수
있다.

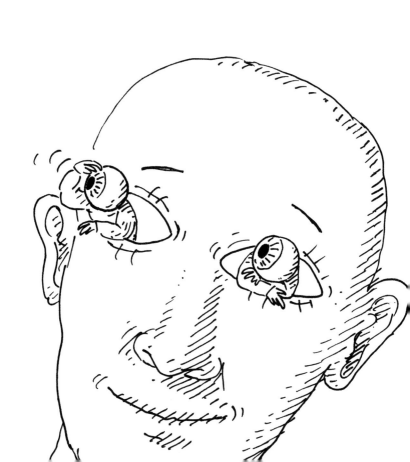

수술을 하고 이틀이 지난 오늘, 나는 하얀 종이 위에 글을 쓰고 있다. 글을 쓰고 있는 이 하얀 종이는 내가 그동안 익숙하게 보아 왔던 그 어떤 종이보다 더 하얗다. 불현듯 나는 내 어린 시절 엄마의 부엌으로 돌아간다. 부엌의 식탁에, 설거지통에, 선반 위에, 이만큼이나 하얀 것들이 있었다. 종이의, 도자기의, 에나멜의 하얀색에는 이 종이가 오늘 떠올리게 하는 미래의 희망이 담겨 있었다.

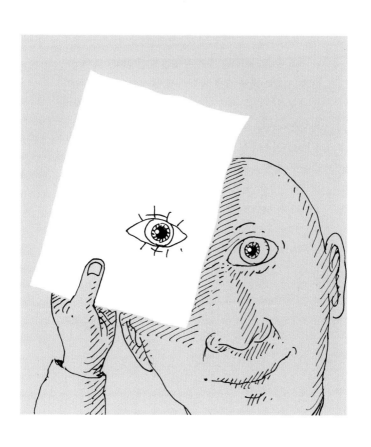

내 말이 암시하는 바가 무엇인지 선명하게 밝혀
보자. 명백히 어린 시절 이후 수십 년 동안 나는 이만큼
하얀 종이를 수도 없이 보아 왔다. 하지만 내가 의식하지
못하는 사이에 하얀 종이의 하얀색은 조금씩 그 빛을
잃어 갔다. 결과적으로 내가 하얀 종이라 부르던 것은
조금씩 더 침침해졌고, 그리하여 하얀 종이가 아닌
것으로 바뀌었다. 이를 논리적으로 깨닫는 일, 그것이
오늘 오후 나에게 일어난 일은 아니었다. 그냥 종이의
하얀색이 내 눈으로 몰려왔을 뿐이고, 내 두 눈은
잃어버린 옛 친구를 맞이하듯 그 하얀색을 끌어안았을
뿐이다.

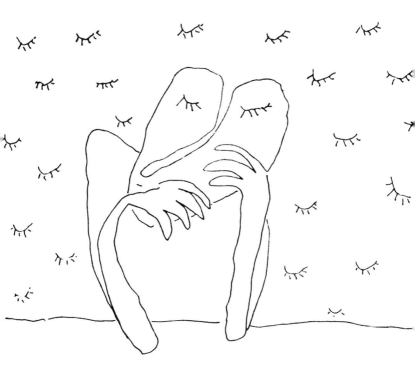

나는 종이 위에 검은 잉크로 글을 쓰고 있다. (짙은 파란색이나 짙은 초록색, 짙은 갈색은 물론이고, 짙은 회색과도 선명하게 구분되는 색깔인) 검은색은 어느 색깔보다 더 무게를 얻어, 더욱 무겁다. 다른 색깔들은 타오르거나 움츠러들거나 파고들지만, 검은색은 어딘가에 쌓여 있는 침전물 같아 보인다. 그것도 무언가의 맨 위에 놓여 있는 침전물. 이것이 검은색의 무게와 연결된다. 흑단이든 흑요석黑曜石이든 크롬 철광이든, 자연의 물질이 지닌 검은색들은 결코 순수한 검은색이 아니다. 다른 색깔들이 그 안에 숨어 있게 마련이다. 침전물 같아 보이는 검은색들은 예외 없이 인공적인 것이다.

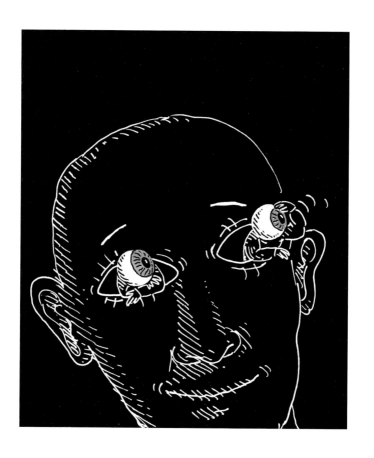

수술 전에 나는 색채를 담아 한 송이 꽃을 그린 적이 있었다. 그때 내가 그린 꽃은 파란색의 팬지였다. 수술 후에 나는 똑같은 꽃을 다시 한번 그릴 생각으로 동일한 작업을 시도했다.

어느 쪽 그림도 남의 그림을 보고 그린 것이 아니다. 말할 것도 없이, 둘 다 내 눈에 비친 꽃의 모습에 대한 내 나름의 해석을 담은 것이다. 그것들이 내 눈의 망막에서 직접 온 것이라고 할 수는 없다. 하지만 내 생각으로는 둘 사이의 차이가 백내장을 제거하기 전에 내가 감지한 것과 제거한 후에 내가 감지한 것 사이의 차이와 유사해 보인다.

24/3/10

이제 그 둘을 나란히 놓고 비교해 보자. 이에 앞서 실제로 울리고 있는 소리의 떨림을 제대로 들을 수 없는 상태에서 일련의 음악적 선율을 충실하게 기록하려는 사람의 손길을 떠올려 보기 바란다. 첫번째 그림에서 나는 그와 같은 나 자신의 손길을 감지한다. 두번째 그림에서는 음악적 선율의 떨림에 상응하는 빛과 색채의 떨림이 그대로 내 눈앞에 펼쳐져 있음을 감지한다.

꽃의 색깔에 대한 식물학적 이치가 변하지 않듯, 꽃의 조직과 형태도 변하지 않았다. 변한 것은 색깔의 친밀도다. 꽃의 색깔이 내 눈앞에서 있는 그대로 모습을 드러내고 있는 것이다.

먼젓번 수술을 받았을 때와는 달리, 이번 수술을
받고 난 다음에는 한두 시간 후부터 수술받은 눈이
아프기 시작했고 통증이 하루 정도 계속되었다. 약한
진통제를 복용하자 통증은 상당히 견딜 만해졌다. 이
작은 통증을 뚫고 지나가는 길은 새로운 시각의 세계를
향한 나의 여정과 분리할 수 없는 것이었다. 새로운
시각을 얻는 문턱에 이르는 순간 나는 고통에서
벗어났다.

백내장을 제거하기 위한 외과적 치료는 눈이
잃어버렸던 타고난 능력의 상당 부분을 눈에게 되돌려
준다. 하지만 타고난 능력은 은총과 혜택임은 분명하지만
이와 동시에 예외 없이 일정한 정도의 노력과 인내를
요구한다. 그리하여 나에게 새로운 시각 능력은 단순히
타고난 능력에 해당하는 것일 뿐만 아니라 성취에
해당하는 것이기도 하다. 원론적으로 말해, 치료를 한
의사와 간호사에게 그 공이 돌아갈 성취다. 하지만 이는
또한 어느 정도 내 몸에게 그 공이 돌아갈 성취이기도
하다.

고통이 나에게 이를 감지케 했다.

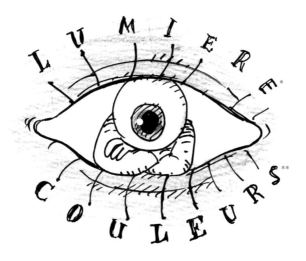

* 빛.
** 색채들.

사전을 펼쳐 단어의 의미를 확인하다 보면, 당신은
특정 단어의 정확한 의미를 재확인하거나 처음으로
발견하게 될 것이다. 그 단어가 의미하는 바의 정확한
의미뿐만 아니라 언어의 다양성 한가운데 그 단어가
차지하는 정확한 위치까지도.

양쪽 눈에서 백내장을 제거한 다음 내가 내 눈으로
보는 세계는 이제 사물의 엄밀성에 대해 내가 참조할 수
있는 사전과도 같은 것이 되었다. 사물 그 자체뿐만
아니라 다른 사물들 사이에서 그 사물이 차지하는 위치에
대해서까지 참조할 수 있는 사전과도 같은 그 무엇이
된 것이다.

나는 사물의 상대적 크기와 규모를 한결 더 예민하게
의식하게 되었다. 작은 것은 더욱 작아지고 큰 것은 더욱
커졌다. 그리고 무한한 것은 더욱 무한해졌다.
사물뿐만 아니라 공간에 대해서도 이는 사실이다. 좁은
공간은 더욱 좁아졌고, 넓은 공간은 더욱 넓어졌다. 이는
시각의 섬세함 때문이다. 하늘 어느 한 방향으로 번지는
잿빛의 정확한 강도, 손에 힘을 뺐을 때 손 마디마디에
주름이 잡히는 모습, 집에서 저 먼 곳으로 보이는 푸른
언덕의 굴곡, 이 모든 섬세한 시각의 영상들이 잃어버린
의미를 되찾게 되었다.

경이롭게도, 존재하는 것들의 너무도 당연한
다양성이 나에게 되돌아왔다. 드리워진 내리닫이 창살이
제거된 다음 두 눈은 되풀이하여 계속 놀라움에
전율한다.

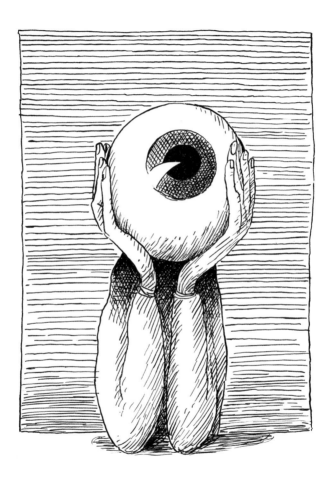

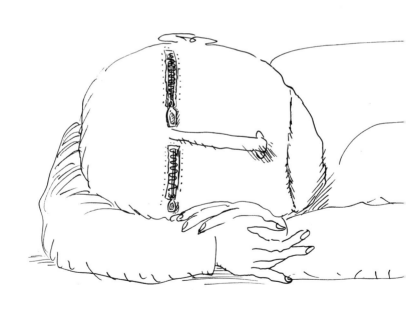

옮긴이의 주註

1 포트컬리스portcullis. 쇠나 단단한 나무로 된 격자 모양의
창살을 위에서 아래로 내려뜨려 통행을 차단하도록 만든
성문城門. 중세 유럽의 성에서 흔히 발견되는 이 문은
십사세기에 들어 화약의 사용이 일반화되기 전까지
유용한 방어 장치로서의 역할을 했다.

2 존 버거는 원문에서 수은을 'mercury'라는 단어를 동원하여
표현하고 있지만, 우리는 수은의 또 다른 이름이 'quicksilver'
임을 유의할 수 있다. 이 'quicksilver'라는 말을 있는 그대로
풀이하면 '재빠른-은'(quick+silver)이 될 것이다. 수은이
이런 이름을 갖게 된 것은 'quick'에 '살아 있는alive'이라는
의미가 담겨 있기 때문이다. 즉, 옛날 사람들이 보기에 수은은
'살아-있는-은'(alive+silver)이었던 것이나. 아무튼, 영어의
'quick'은 '재빠른'의 의미를 갖는 말이기 때문에 'quicksilver'
라는 말에서 '속도감'을 연상하는 것은 자연스러운 일일
것이다. 존 버거가 '은'뿐만 아니라 '수은'에서도 속도감을
느끼고 있는 것은 이같은 언어적 암시 때문이기도 하리라.
뒤에서 '수은'에 대한 언급이 다시 한 번 나오는데, 그때
버거는 'quicksilver'라는 단어를 사용한다.

3 페르메이르J. Vermeer(1632-1675)는 빛의 변화에 각별한
신경을 써서 그림을 그렸던 네덜란드의 화가로, 여기에 언급된
그림은 암스테르담 국립미술관에 소장되어 있다.

존 버거John Berger, 1926-2017는 미술비평가,
사진이론가, 소설가, 다큐멘터리 작가, 사회비평가로 널리
알려져 있다. 처음 미술평론으로 시작해 점차 관심과
활동 영역을 넓혀 예술과 인문, 사회 전반에 걸쳐 깊고 명쾌한
관점을 제시했다. 중년 이후 프랑스 동부의 알프스 산록에
위치한 시골 농촌 마을로 옮겨 가 살면서 생을 마감할 때까지
농사일과 글쓰기를 함께했다. 주요 저서로『다른 방식으로 보기』
『제7의 인간』『행운아』『그리고 사진처럼 덧없는 우리들의 얼굴,
내 가슴』『벤투의 스케치북』『우리가 아는 모든 언어』등이 있고,
소설로『우리 시대의 화가』『G』, 삼부작 '그들의 노동에'
『끈질긴 땅』『한때 유로파에서』『라일락과 깃발』,『결혼식 가는 길』
『킹』『여기, 우리가 만나는 곳』『A가 X에게』등이 있다.

셀축 데미렐Selçuk Demirel은 1954년 터키 아르트빈 출생의
삽화가이다. 1978년 파리로 이주하여 현재까지 그곳에 살고 있다.
『르 몽드』『르 누벨 옵세르바퇴르』『더 워싱턴 포스트』『더 뉴욕
타임스』등의 일간지와 잡지에 삽화를 발표했고, 삽화집 및 저서가
유럽 및 미국의 여러 출판사에서 출간된 바 있다.

장경렬張敬烈은 인천 출생으로, 서울대학교 영문과를
졸업하고 미국 오스틴 소재 텍사스 대학교 영문과에서 박사학위를
받았다. 서울대 영문과 교수로 재직했고, 현재 서울대 영문과
명예교수로 있다. 번역서로『내 사랑하는 사람들의 잠든 모습을
보며』(2000),『셰익스피어』(2005),『아픔의 기록』(2008),
『선과 모터사이클 관리술』(2010),『젊은 예술가의 초상』(2012),
『학제적 학문 연구』(2013) 등이 있다.

백내장

존 버거 지음 | 셀축 데미렐 그림 | 장경렬 옮김

초판1쇄 발행 2012년 9월 20일
초판2쇄 발행 2022년 5월 10일
발행인 李起雄 **발행처** 悅話堂
경기도 파주시 광인사길 25 파주출판도시
전화 031-955-7000 **팩스** 031-955-7010
www.youlhwadang.co.kr   yhdp@youlhwadang.co.kr
등록번호 제10-74호 **등록일자** 1971년 7월 2일
편집 이수정 박미 **디자인** 엄세희
인쇄 제책 (주)상지사피앤비

ISBN 978-89-301-0428-9   03840